鼓動

令和俳句叢書

KODOU
NISHIMIYA MAI

西宮舞句集

ふらんす堂

目次

山中　二〇一四年……5
誕生　二〇一五年……23
粉雪　二〇一六年……57
熱源　二〇一七年……97
白鳥　二〇一八年……127
一対　二〇一九年……171
枯野　二〇二〇年……195
あとがき……205
初句索引……209
季語索引……214

句集 鼓動

山中

二〇一四年

腰低く道譲り合ふ淑気かな

古城より馬車の出迎へ夢はじめ

走り根の裂けゐる山路春寒し

涅槃寺外はひかりに満ちあふれ

風を待つ絮のかがやきたんぽぽ野

街灯や人間くさき夜の新樹

 山中

風筋のひとすぢならず青嵐

ゴンドラの空中散歩山滴る

はんざきや山中暦日なきごとく

筒鳥や年輪増やす山の木々

店番の顔に葭簀の縞模様

まくなぎの一寸先を離れざる

かなかなや下山の時の迫りたる
七夕や磨れば一体墨すずり

やはらかな日にほだされて稲の花
笑みませば花咲くごとし生身魂

こころにも風入る隙間秋すだれ

桐の実の高きに鳴りて人悼む

鏡には映らぬこころ水澄めり

しづけさが育ててゐたる蕎麦の花

撒きされぬほどの種採り牽牛花

秋燕の集合場所にかしましく

月今宵潮の満ち来る勢（きほひ）かな

もつれゐる蔓のなかより葛の花

落鮎の水の縒れとも揺らぎとも

松茸に深山の湿りありありにけり

鷲きの手足のままに鵙の贄

人拒むごとくに山の霧ごもる

柿色の滲んでゐたる柿紅葉
ほの紅き白猫の耳小夜しぐれ

店頭に鰭多々干され年忘

誕生

二〇一五年

読み札の褪せぬ絵姿歌かるた

咲き出でし梅一輪の震へかな

篳篥の舌とならばや蘆の角

香に慣れて香を失へる梅の園

春ショールものを拾ふに膝を折り

芽吹山明るき雨の降りゐたり

初蝶の迷ひの道を抜け切れず

すかんぽを折るや空気の抜くる音

青き踏む大地揺るがぬこと願ひ

花吹雪突き抜けてくる人力車

囀や寸胴鍋に湯の滾り

高揚がるひばり落つる野あやまたず

そのなかに戻らざるものの揚雲雀

巣燕や門前町のうらさぶれ

麦秋や入り日に向かひゆく電車

みどりの夜しきりに外へ誘ふ猫

鬣は風にもありて青嵐

哲学の道を逸れゆく白日傘

午後よりは雲湧きやすし遠青嶺

木曽川の大岩を縫ふ水涼し

雪渓の上せめぎあふ日と雲と
触れ来しはどの雪渓か尾根仰ぐ

落し文屈めば森の木が騒ぐ

この森を荒らすべからず落し文

蚊の姥を外に出だしやる夜の障子

短夜や明らむ空を見て眠り

川音にいざなはれ来て橋涼み

雷鳴に身を硬くせる軒端かな

噴水の水より背骨抜けにけり

山椒魚ことば忘れてしまひしか

沈まねば浮くは能はず浮いてこい

川に沿ふ風のかろやか涼新た

ひぐらしや風に寂びゆく山の家

神代より言霊ありて守武忌

曼珠沙華ますぐといふは折れ易く

旺盛な鹿の食欲松ぼくり

帰らむとすれば尾をひく鹿の声

木洩れ日のまろやかにして葡萄棚

高校の紺の制服金木犀

銀狼の走るごとくに芒原

籾殻焼く大地に灸を据うるごと

山上に雲地上には蕎麦の花

新米を躍らせてゐる強火かな

秋扇うすれかけたる香と記憶

微動だにせぬ梵鐘や秋の風

月明に浄められゐる余命かな

忍び寄る湿りありけり十三夜

秋寂ぶや空を見る日の多くなり

散り急ぐ花こまごまと萩の風

傾ける日ざしに靡き大花野

川に沿ひ細りゆく道露しぐれ

雲すこし摑んできたる雪ばんば

木の葉散ることば失ひゆく人よ
着ぶくれて人の流れにさからはず

月光や白さざんくわのこぼれ継ぎ

口にせし言葉うつろに枯はちす

産み月の子の胎に触れ冬ぬくし

数へ日や子の生まるるといふ大事

誕生を待つこと数へ日のひとつ

花選ぶ手の重なりて年の市

歳晩や星の下なる呱々の声

粉雪

二〇一六年

分かれ道いくつもありて去年今年

みどりごにこの世いかにや大旦

初旅や車窓しばらく富士が占め

新幹線吹雪の町を通り過ぎ

凍星のひとつ頭上を動かざる

川風に梢ふるはせ冬桜

粉雪や子は数式を解きつづけ

千両の実をやろ鳥にくれてやろ

覆面の怪しく懸想文を売る

蠟梅やこころの澱の抜けてゆき

篝火の激しく爆ぜて鬼やらひ

剝がしたる裏のざらつき薄ごほり

白波の寄せ来るバレンタインの日

女雛ややや俯きかげん古雛

みづうみに波立ちごころ涅槃西風

もう泣かずしづかに涅槃させ給へ

木の芽風ものを書きたる肩ほぐし
料峭や飛天のごとき雲吹かれ

手繰りよせ紡いでみたき春の雲

草青む人に踏まれぬところより

山住みの姿を見せず囀れり

ひかり得て力満ちゆく朝ざくら

花冷や桜の皮の皿や筒

起き出でて文したたむる春夜かな

赤ん坊の睫毛の育つ蝶の昼

さくら散る肩のちからを抜けとこそ

まなぶたを閉ぢても続く飛花落花

春日傘しづかに開き去りゆきぬ

降りしきる桜蘂もう誰も見ず

新緑や黒衣集ひて忌を修す

若竹の目指す方向あやまたず
行列に風の寄り添ふ懸葵

まつすぐに草笛の息放ちけり

螢狩鼓動聞こゆるほどの闇

大岩に逆巻く水やほととぎす

風に鳴る紙の軽さの小判草

万緑のふところ深く遊びけり

木下闇風美しく通りけり

縁側のありたる家や麦こがし

現し世と隔絶されて水中花

葉隠れの音を楽しみ作り滝

禅寺の片白草のそよぎかな

白南風や鍵盤を指走り出し

切株の裂け目縫ひゆく蟻の列

水の膜破り突き出す泳ぎの手
プール出て世の重力にしばし耐ふ

爽籟に混じる鳥声水の声

宇治橋の擬宝珠に触れて赤とんぼ

月明や地に蹲る神の鶏

秋の野をつばらつばらに歩きけり

芋の葉の無聊や露の玉失せて
幽明の交錯したる夕花野

み吉野の闇を呼び込み虫しぐれ

雨音のごとき川音鮎下る

けものめく霧の動きや峠みち

登高や川はひかりを溢れしめ

色鳥の姿ゆつくり見せくれず

秋晴や脳は盲点補完せる

秋簾外され窓の照れくささう

言葉もう届かぬ遠さ鳥渡る

水のごと闇の深まる十三夜

墨といふ煤のかたまり文化の日

舗装路に木の実ひとつの落し物
傷つきしちひさきこころつづれさせ

消えてなほ耳に残れる鹿の声
思はざる回り癖あり木の実独楽

物語紡ぐごとくに散る紅葉

照り翳り激しきひと日障子うち

旧字体交じれる文や片時雨

頬ずりの子のふはふはの冬帽子

狐火の近づきもせず去りもせず

籾の中より探り出す冬林檎

葛湯練り透きとほりゆくこころかな

日のさして後ろ姿の夕時雨

日向ぼこ日差し早くも離れゆき

熱源

二〇一七年

凍鶴の時を封じてゐたりけり

抱く児の確かな鼓動寒の雨

白息をつかまんとする幼かな

雪遊び手の感覚の失せてなほ

しづけさの極みに雪のしづりけり

鬼やらひ風に揺らめく星あまた

刻々と遅延情報春の雪

亀鳴くや床の間にある空(から)の壺

社会への切符手に手に卒業す

つばくらや子は新しき鍵を持ち

花あふれ人にふくらむ大阪城

やはらかく猫の踏みゆく落花かな

石畳桜畳となりにけり

春愁や写真のなかのひと昔

堰の水撥ね散らかして上り鮎

かぐはしき冠（かうぶり）得たり藤の下

春落葉掃くほどに樹々若返り

はつなつや白花多き修験山

しづかなる葉擦れのなかの賀茂祭

小満や卵ふるふるオムライス

闇抱く峡は大きな螢籠

森にある太古の記憶青葉木菟

形代をふつと翳らせゆきしもの

曇りゐて眩しき空や夏雲雀

山雨来て孑孑の水叩き初む

よそゆきの顔すれちがふ夏帽子

湯あみして香水の香を脱ぎ捨つる
プール出づ追ひすがる水振り切つて

とめどなく地中へ吸はれ蟬しぐれ

捩れたる幹ねぢれゆく蟻の列

炎天に出てただぢろがぬ若さかな

はたた神どんどんどんと近づき来

夕立の時濃密に過ぎにけり

しろじろと闇をあやつり踊の手

嫁にきてまだ入れざる盆踊

雲間より天使の梯子稲の花

あをぞらに浮く桐の実の古色かな

爽やかやや木立すつくと幹並べ

木々揺りて祝詞に和する秋の風
ききちちと此方（こち）はたはたと彼方（をち）をまた

神苑の空ひろびろと松手入

すこやかに戻る太陽台風過

蘇る記憶あざやか曼珠沙華

長き夜をつかずはなれず猫のゐて

日溜りを分けて取り出す竜の玉

香煙の溶け込んでゆく冬の雲

綿虫やこの世にうかと紛れ込み
着ぶくれの影ほつそりと水のうへ

熱源のごとき赤さの室の花

火照りたる顔を向け合ふ暖炉かな

枯園にばさと降り立つ大鴉

人恋し鯨のうたを聴きにきて

年の瀬や足跡ひとつなき渚

残照の海にくろぐろ浮寝鳥

花のごと殻付きの牡蠣盛られたる

寒柝の夜気打ち割つて通りけり

白鳥

二〇一八年

桐箪笥ぷかぷか鳴らし春着出す

子の手より大きな袋お年玉

餅花の下とりどりの髪の過ぐ

千年の歌をはつしと歌留多取り

積もらざる雪のやさしく降る日かな

寒晴やガラスの多きビルの街

病む人に黄身こんもりと寒卵

雪もよひ大気ぐんぐん重くなり

羽音せり雪見障子を上げたれば

抓まれて水を離るる氷かな

すでに泥浮いてきてゐる雪化粧

空寒し地球の影に月が入り

豆撒や空より白きもの降り来

元どほり結びて仕舞ふ懸想文

立春やおもちゃ増えたる子供部屋

懐かしき火の香薪の香春暖炉

摘草の香のつきまとふ指（および）かな

あらあらと川を吹き上げ春ならひ

幹叩き目覚め促す芽吹山

ものの芽やひとりがたりのおままごと

孫となる胎児のエコー春動く

卵割る窓を初蝶よぎりけり

ゆっくりと仏間に戻す雛の間

曲がり角多き街並つばくらめ

チューリップひとり整列外るる子

紋白蝶まばたくやうに飛び交はし

歳月をさらひゆくごと鳥雲に

心地良き帯の締まりや花衣

吾に向く囀ひとつとてあらず
しやぼん玉弾けて大気濡らしけり

庭師より全き古巣受け取りぬ

吉野山見ゆる高さへ揚雲雀

若鮎の光散らばる堰の水

雌は野に紛れて雉のつがひかな

繋留の舟軋ませて春の潮

角を持つ栄螺荒海育ちとや

賑やかな夕べとなりぬ巣立鳥

夜の香を乱すものなし花蜜柑

鳥のうた波の歌ごゑ青葉山

梅雨の月まみゆることの少なくて

梅を干す笊太陽に捧げ置く

しろがねの鈴振るごとく山清水

蓮見舟舳先を朝日差す方へ

一斉に扇を返し鉾回し

鉦の音や熱気溜りの鉾の町

去年とは音色の違ふ祭笛

突然に止みし噴水みなが見る
翌くる日も蟬の骸のそのままに

帰省して風の縁より上がりけり

深廂すだれのごとき白雨かな

ほととぎす正座そろそろしびれきし
端居せるまはり幼子じっとせず

滝壺をくぐり再編成の水

明らかに世代交代盆の家

登高や盆地のなかの陰と陽

俳縁の脈々とあり守武忌

大荒れの風をいなして猫じゃらし

鳥ならぬものの空飛ぶ台風圏

産道を下る赤子や天の川

台風過おほきな男児誕生す

佇めば人も棒杭赤とんぼ

光芒の失せゆく夕日子規忌なり

飛火野に散り敷く紅葉鹿の糞
あをぞらや落葉にほのと桜の香

返り花ともる上枝の吹かれをり

じんわりと日ざし沁みゆく大枯野

手の甲に透く静脈や冬ともし
枯すすき言の葉ときに凶器なる

夕しぐれ古傷疼きだしにけり

手足生ゆるか湯豆腐の動き出す

肝心なときに風邪ひく親も子も

版木彫る目を遊ばせて枯木窓

白鳥来先着組と鳴き交はし

白鳥の着水個々の距離保ち

柚子風呂の波にゆらゆら右手左手

しばらくは羽を忘れて浮寝鳥

水鳥を浮かべて大河眠らざる

冬すみれ大きな人の屈みたる

眼の奥に深き闇あり雪女

冬の旅星うつくしきところまで

冬銀河ねむるみどりご菩薩めく

一対

二〇一九年

ほとばしる真紅のちから薔薇芽吹く

木の芽風また頬杖をついてゐて

鳥ぐもり葉擦れのなかの鳳凰堂

音立てず歩み来たれる春ショール

おとうとのごとく風船連れ歩き

太陽をしばし休めて春の雲

花冷や御苑は警備怠らず

息かけてフルート磨く花曇

時惜しむごとくゆつくり散るさくら

一対といふはよろしき残る鴨

点描をただ重ねゆく落花かな

登りゆく下千本の残花見て

桜蘂降る実にならぬものの数

乗尻の赤の気合や競べ馬

竹林を抜けて嵯峨野の風五月

戦なき未来なれかし初端午

燕の子見上ぐる人に目もくれず

雨筋の白く見えゐて梅雨茸

睥睨の鴉高鳴く薄暑かな

鮎すらりすらり流れをすり抜けて

まだ遠き声なる杜の蝉しぐれ

美しき空取り戻す白雨かな

梧桐やはひはひのもう立ち歩き

木の根道ゆく大蟻の行者めく

剪りとれば吐息を少し百合の花

空にゐることに疲れて流れ星

押しころす思ひをばねにきりぎりす

霧湿りしたる髪梳く柘植の櫛

名月や夜風の運ぶ汽車の音

てまひまをかけ数珠玉の首飾り

露けしや極楽橋は名のみにて
群れ咲いて紅の静けき曼珠沙華

丸めたる反故の墨の香ちちろ鳴く

朝の日を音色に変へて草ひばり

かりがねや久しく会はぬ人おもひ
滴々と木の洞に沁む秋しぐれ

香の失せぬまま残菊となりゐたり

参道を歩きとほして七五三

小夜しぐれ天ぷら花と咲かせ継ぎ

レントゲンに写る病巣霜の花

湯ざめして迷子のやうな心地なる

枯木星さくら並木の続きけり

あをぞらを信じて芽吹く冬木かな

枯野

二〇二〇年

松過ぎの七曜走り出しにけり

鉈打ちの跡しろじろと寒木立

夫に息吹きかけてゐる雪女郎

動くもの愛ほし枯野雀かな

大枯野ひとり行かねばならぬ道

終の息冬青空に吸はれゆき

還らざる人待つ落葉掃きながら

春宵や幽明界（さかひ）異にして

遺されし身にはりはりと薄氷

蹲踞の細き水音梅月夜

喪の家の押入れを出ず雛人形

春愁やまなぶた閉ぢて日の紅き

しゃぼん玉浮かぬこころを吹き尽くす

死者になき未来しづかに木々芽ぐむ

人の世のかなしみを吸ひ老桜

夫逝きて永久に片恋春の雲

あとがき

『鼓動』は二〇一四年から二〇二〇年春までの作品三六三句を収めた第五句集です。

この間、時代は平成から令和に替わり、昭和五十三年の創刊と同時に入会しました「狩」が終刊となりました。

家族にもそれぞれ大きな変化がありました。結婚して隣に住む長女は無事二人の子を授かり、七歳年下の次女は就職して家を離れました。夫は肺炎発症以降、徐々に肺の線維化が進み、在宅で酸素を吸いながら闘病しておりましたが、九か月の入院の末、今年二月初め七十歳を目前に力尽きて逝ってしまいました。

そのすぐ後、新型コロナウイルスが猛威をふるいはじめ、世の中は一変。一月に入籍し、夫の回復を待って五月に予定していた次女の挙式も延期となりました。今となってはコロナ禍に巻き込まれずに毎日病院へ行き、最期まで看取れたことがせめてもの救いです。

このようなことに取り紛れ、皆さまには心ならずも多くの不義理をしてまい

りましたことお詫び申し上げます。まだまだ心の整理のつかない日々ですが、一周忌までにと上梓することに致しました。書名は、新たに生まれた孫たちの鼓動、消えてしまった鼓動……悲喜こもごもの日々をとどめおくべく「鼓動」としました。

「狩」創刊から長きにわたりご指導いただきました鷹羽狩行先生、後継誌「香雨」の片山由美子先生、そしてご縁をいただきました皆さまに心より感謝申し上げます。

令和二年秋　新型コロナウイルスの収束を願い、皆さまのご健康をお祈りしつつ

西宮　舞

著者略歴

西宮　舞（にしみや・まい）　本名　石川陽子

1955年２月　大阪生まれ
1978年10月　「狩」創刊入会
2018年12月　「狩」終刊
2019年１月　「香雨」創刊特別同人

狩弓賞（狩特別作品賞）、巻狩賞（狩同人賞）受賞
句集に『夕立』『千木』（第25回俳人協会新人賞受賞）
『花衣』『天風』
共著に『あなたも俳句名人』など

現在　「香雨」白雨集同人
公益社団法人俳人協会幹事、日本文藝家協会会員
よみうり天満橋文化センター講師

現住所　〒544-0002　大阪市生野区小路2-22-28
石川方

●初句索引

あ行

青き踏む　二九
梧桐や　一八四
あをぞらに　一一七
あをぞらや　一六〇
あをぞらを　一九四
赤ん坊の　七一
秋扇　四六
秋寂ぶや　四八
秋簾　八八
秋の野を　八三
秋晴や　八七
明らかに　一五五
翌くる日も　一五二
朝の日を　一八九
雨音の　八五
雨筋の　一八一
鮎すらり　一八二
あらあらと　一三七
息かけて　一七六
戦なき　一八〇
石畳　一〇五
抱く児の　九九
一斉に　一五〇
一対と　一七七
凍鶴の　九九
凍星の　六一
芋の葉の　八四
色鳥の　八七
動くもの　一九八
宇治橋の　八二
美しき　一八三
現し世と　七八
産み月の　五三
梅を干す　一四九
笑みませば　一四
縁側の　七八
炎天に　一一四
旺盛な　四二
大荒れの　一五七
大岩に　七六
大枯野　一九九
起き出でて　七〇
押しころす　一八六
落鮎の　一九
おとうとの　一七五
落し文　三六
音立てず　一七四
驚きの　二〇
鬼やらひ　一〇一
思はざる　九一

か行

街灯や　九
還らざる　二〇〇
帰らむと　四三
返り花　一六一
鏡には　一六
篝火の　六四
柿色の　二一
かぐはしき　一〇六
風筋の　一〇
風に鳴る　七六
風を待つ　九
数へ日や　五三
形代を　一一〇
傾ける　四九
かなかなや　一三
香に慣れて　二六
鉦の音や　一五一
香の失せぬ　一九一
蚊の姥を　三七
神代より　四一
亀鳴くや　一〇二
かりがねや　一九〇
枯木星　一九三
枯すすき　一六二
枯園に　一二四
川音に　三八

川風に　六一
川に沿ひ　五〇
川に沿ふ　四〇
肝心な　一六四
寒柝の　一二六
寒晴や　一三一
消えてなほ　九一
木々揺りて　一一八
傷つきし　九〇
帰省して　一五三
木曾川の　三四
きちきちと　一一八
狐火の　九四
木の根道　一八四
着ぶくれて　五一
着ぶくれの　一二二
旧字体　九三
行列に　七四
去年とは　一五一
切株の　八〇
霧湿り　一八六
桐簞笥　一二九
剪りとれば　一八五
桐の実の　一五
銀狼の　四四
草青む　六八
葛湯練り　九五
口にせし　五二
雲すこし　五〇
雲間より　一一六
曇りゐて　一一〇
繋留の　一四六
月光や　五二
月明に　四七
月明や　八三
けものめく　八六
香煙の　一二一
高校の　四四
光芒の　一五九
刻々と　一〇二
心地良き　一四二
午後よりは　三四
こころにも　一五
木下闇　七七
腰低く　七
古城より　七
言葉もう　八八
粉雪や　六二
子の手より　一二九
木の葉散る　五一
木の芽風
—ものを書きたる　六七
—また頬杖を　一七三
この森を　三六
木洩れ日の　四三
ゴンドラの　一〇

さ行

歳月を　一四二
歳晩や　五五
囀や　三〇
咲き出でし　二五
桜蘂　一七九
さくら散る　七一
小夜しぐれ　一九二
爽やかや　一一七
山雨来て　一一一
山椒魚　三九
山上に　四五
残照の　一二五
産道を　一五八
参道を　一九一
死者になき　二〇三
しづかなる　一〇八
しづけさが　一一六
しづけさの　一〇一
沈まねば　四〇
忍び寄る　四八
しばらくは　一六六
社会への　一〇三
しやぼん玉
—弾けて大気　一四三
—浮かぬこころを　二〇三
秋燕の　一七
春愁や
—写真のなかの　一〇五
—まなぶた閉ぢて　二〇二
春宵や　二〇〇
小満や　一〇八
白息を　一〇〇
白波の　六五
しろがねの　一四九
しろじろと　一一五
白南風や　八〇
神苑の　一一九
新幹線　六〇

新米を　四六
新緑や　七三
じんわりと　一六一
すかんぽを　一二八
すこやかに　一一九
巣燕や　三一
すでに泥　一三四
墨といふ　八九
堰の水　一〇六
雪渓の　三五
禅寺の　七九
千年の　一三〇
千両の　六二
爽籟に　八二
そのなかに　三一
空寒し　一三四
空にゐる　一八五

た行

台風過　一五八
太陽を　一七五
高揚がる　三〇
滝壺を　一五五
手繰りよせ　六八
佇めば　一五九
鬣は　一三三
七夕や　一一三
卵割る　一三九
誕生を　五四
竹林を　一八〇
チューリップ　一四一
散り急ぐ　四九
終の息　一九九
月今宵　一一八
蹲踞の　二〇一
筒鳥や　一一一
角を持つ　一四六
つばくらや　一〇三
燕の子　一八一
夫に息　一九八
抓まれて　一三三
夫逝きて　二〇四
摘草の　一三七
積もらざる　一三一
露けしや　一八八
梅雨の月　一四八
手足生ゆるか　一六三
滴々と　一九〇
哲学の　三三
手の甲に　一六二
てまひまを　一八七
照り翳り　九二
店頭に　一二
点描を　一七八
登高や
　—川はひかりを　八六
　—盆地のなかの　一五六
時惜しむ　一七七
年の瀬や　一二五
突然に　一五二
飛火野に　一六〇
とめどなく　一一三
鳥ぐもり　一七四
鳥ならぬ　一五七
鳥のうた　一四八

な行

長き夜を　一二〇
鉈打ちの　一九七
懐かしき　一三六
賑やかな　一四七
庭師より　一四四
捩れたる　一一三
熱源の　一二三
涅槃寺　八
遺されし　二〇一
登りゆく　一七八
乗尻の　一七九

は行

俳縁の　一五六
羽音せり　一三三
葉隠れの　七九
剝がしたる　六四
麦秋や　三二
白鳥来　一六五
白鳥の　一六五
端居せる　一五四
走り根の　八
蓮見舟　一五〇
はたた神　一一四
初旅や　六〇
初蝶の　一二八
はつなつや　一〇七
花あふれ　一〇四
花選ぶ　五四

花のごと　一二六
花冷や
—桜の皮の　七〇
—御苑は警備　一七六
花吹雪　二九
春落葉　一〇七
春ショール　二七
春日傘　七二
版木彫る　一六四
はんざきや　一一
万緑の　七七
ひかり得て　六九
ひぐらしや　四一
日溜りを　一二一
篳篥の　二六
微動だに　四七
人恋し　一二四
人拒む　二〇
人の世の　二〇四
日向ぼこ　九六
日のさして　九五
プール出づ　一一二
プール出て　八一
深廂　一五三
覆面の　六三
冬銀河　一六九
冬すみれ　一六七
冬の旅　一六八
降りしきる　七三
触れ来しは　三五
噴水の　三九
睥睨の　一八二
頬ずりの　九三
舗装路に　九〇
螢狩　七五
火照りたる　一二三
ほととぎす　一五四
ほとばしる　一七三
ほの紅き　二一

ま行

曲がり角　一四〇
撒ききれぬ　一七
まくなぎの　一二
孫となる　一三九
まだ遠き　一八三
松過ぎの　一九七
まつすぐに　七五
松茸に　一九
まなぶたを　七二
豆撒や　一三五
丸めたる　一八九
曼珠沙華　四二
幹叩き　一三八
短夜や　三七
みづうみに　六六
水鳥を　一六七
水のごと　八九
水の膜　八一
店番の　一二
みどりごに　五九
みどりの夜　三二
み吉野の　八五
群れ咲いて　一八八
名月や　一八七
雌は野に　一四五
眼の奥に　一六八
女雛やや　六五
芽吹山　二七
もう泣かず　六六
餅花の　一三〇
もつれゐる　一八
元どほり　一三五
喪の家の　二〇二
物語　九二
ものの芽や　一三八
籾殻焼く　四五
籾の中　九四
森にある　一〇九
紋白蝶　一四一

や行

山住みの　六九
闇抱く　一〇九
病む人に　一三二
やはらかく　一〇四
やはらかな　一四
湯あみして　一二二
夕しぐれ　一六三
夕立の　一一五
幽明の　八四
雪遊び　一〇〇
雪もよひ　一三二
湯ざめして　一九三
柚子風呂の　一六六
ゆつくりと　一四〇

吉野山　一四四
よそゆきの　一一一
蘇る　一二〇
読み札の　一二五
嫁にきて　一一六
夜の香を　一四七

ら行

雷鳴に　三八
立春や　一三六
料峭や　六七
レントゲンに　一九二
蠟梅や　六三

わ行

若鮎の　一四五
若竹の　七四
分かれ道　五九
綿虫や　一二二
吾に向く　一四三

季語索引

あ行

青嵐【あおあらし】（夏）
風筋のひとすぢならず青嵐　一〇
鬣は風にもありて青嵐　三三

葵祭【あおいまつり】（夏）
行列に風の寄り添ふ懸葵　七四
しづかなる葉擦れのなかの賀茂祭　一〇八

梧桐【あおぎり】（夏）
梧桐やはひはひのもう立ち歩き　一八四

青葉【あおば】（夏）
鳥のうた波の歌ごゑ青葉山　一四八

青葉木菟【あおばずく】（夏）
森にある太古の記憶青葉木菟　一〇九

赤蜻蛉【あかとんぼ】（秋）
宇治橋の擬宝珠に触れて赤とんぼ　八二
佇めば人も棒杭赤とんぼ　一五九

秋扇【あきおうぎ】（秋）
秋扇うすれかけたる香と記憶　四六

秋風【あきかぜ】（秋）
微動だにせぬ梵鐘や秋の風　四七
木々揺りて祝詞に和する秋の風　一一八

秋寂ぶ【あきさぶ】（秋）
秋寂ぶや空を見る日の多くなり　四八

秋時雨【あきしぐれ】（秋）
滴々と木の洞に沁む秋しぐれ　一九〇

秋簾【あきすだれ】（秋）
こころにも風入る隙間秋すだれ　一五
秋簾外され窓の照れくささう　八八

秋の野【あきのの】（秋）
秋の野をつばらつばらに歩きけり　八三

秋晴【あきばれ】（秋）
秋晴や脳は盲点補完せる　八七

朝顔【あさがお】（秋）
撒ききれぬほどの種採り牽牛花　一七

蘆の角【あしのつの】（春）
篳篥の舌とならばや蘆の角　二六

天の川【あまのがわ】（秋）
産道を下る赤子や天の川　一五八

鮎【あゆ】（夏）
鮎すらりすらり流れをすり抜けて　一八二

蟻【あり】（夏）
切株の裂け目縫ひゆく蟻の列　八〇
捩れたる幹ねぢれゆく蟻の列　一一三
木の根道ゆく大蟻の行者めく　一八四
息白し【いきしろし】（冬）
白息をつかまんとする幼かな　一〇〇
生御魂【いきみたま】（秋）
笑みませば花咲くごとし生身魂　一四
凍鶴【いてづる】（冬）
凍鶴の時を封じてゐたりけり　九九
稲の花【いねのはな】（秋）
やはらかな日にほだされて稲の花　一四
雲間より天使の梯子稲の花　一一六
色鳥【いろどり】（秋）
色鳥の姿ゆつくり見せくれず　八七
浮人形【うきにんぎょう】（夏）
沈まねば浮くは能はず浮いてこい　四〇
薄氷【うすらい】（春）
剝がしたる裏のざらつき薄ごほり　六四
遺されし身にはりはりと薄氷　二〇一
梅【うめ】（春）
咲き出でし梅一輪の震へかな　二五
香に慣れて香を失へる梅の園　二六
蹲踞の細き水音梅月夜　二〇一
梅干【うめぼし】（夏）
梅を干す笊太陽に捧げ置く　一四九
狗尾草【えのころぐさ】（秋）
大荒れの風をいなして猫じやらし　一五七
炎天【えんてん】（夏）
炎天に出てたぢろがぬ若さかな　一一四
落鮎【おちあゆ】（秋）
落鮎の水の縺れとも揺らぎとも　一九
雨音のごとき川音鮎下る　八五
落葉【おちば】（冬）
あをぞらや落葉にほのと桜の香　一六〇
還らざる人待つ落葉掃きながら　二〇〇
落し文【おとしぶみ】（夏）
落し文屈めば森の木が騒ぐ　三六
この森を荒らすべからず落し文　三六
踊【おどり】（秋）
しろじろと闇をあやつり踊の手　一二五
嫁にきてまだ入れざる盆踊　一一六
泳ぎ【およぎ】（夏）
水の膜破り突き出す泳ぎの手　八一

か行

帰り花【かえりばな】（冬）
返り花ともる上枝の吹かれをり　一六一

ががんぼ【ががんぼ】（夏）
蚊の姥を外に出だしやる夜の障子　三七

牡蠣【かき】（冬）
花のごと殻付きの牡蠣盛られたる　一二六

柿紅葉【かきもみじ】（秋）
柿色の滲んでゐたる柿紅葉　二一

風邪【かぜ】（冬）
肝心なときに風邪ひく親も子も　一六四

数え日【かぞえび】（冬）
数へ日や子の生まるるといふ大事　五三
誕生を待つこと数へ日のひとつ　五四

雷【かみなり】（夏）
雷鳴に身を硬くせる軒端かな　三八
はたた神どんどんどんと近づき来　一一四

亀鳴く【かめなく】（春）
亀鳴くや床の間にある空の壺　一〇二

雁【かり】（秋）
かりがねや久しく会はぬ人おもひ　一九〇

歌留多【かるた】（新年）
読み札の褪せぬ絵姿歌かるた　二五
千年の歌をはつしと歌留多取り　一三〇

枯尾花【かれおばな】（冬）
枯すすき言の葉ときに凶器なる　一六二

枯木【かれき】（冬）
版木彫る目を遊ばせて枯木窓　一六四
枯木星さくら並木の続きけり　一九三

枯園【かれその】（冬）
枯園にばさと降り立つ大鴉　一二四

枯野【かれの】（冬）
じんわりと日ざし沁みゆく大枯野　一六一
動くもの愛ほし枯野雀かな　一九八
大枯野ひとり行かねばならぬ道　一九九

枯蓮【かれはす】（冬）
口にせし言葉うつろに枯はちす　五二

寒卵【かんたまご】（冬）
病む人に黄身こんもりと寒卵　一三三

元朝【がんちょう】（新年）
みどりごにこの世いかにや大旦　五九

寒燈【かんとう】（冬）
手の甲に透く静脈や冬ともし　一六二

寒の雨【かんのあめ】(冬)
抱く児の確かな鼓動寒の雨　九九
寒林【かんりん】(冬)
鉈打ちの跡しろじろと寒木立　一九七
祇園会【ぎおんえ】(夏)
一斉に扇を返し鉾回し　一五〇
鉦の音や熱気溜りの鉾の町　一五一
雉【きじ】(春)
雌は野に紛れて雉のつがひかな　一四五
帰省【きせい】(夏)
帰省して風の縁より上がりけり　一五三
狐火【きつねび】(冬)
狐火の近づきもせず去りもせず　九四
着ぶくれ【きぶくれ】(冬)
着ぶくれて人の流れにさからはず　五一
着ぶくれの影ほつそりと水のうへ　一三二
霧【きり】(秋)
人拒むごとくに山の霧ごもる　二〇
けものめく霧の動きや峠みち　八六
霧湿りしたる髪梳く柘植の櫛　一八六
螽蟖【きりぎりす】(秋)
押しころす思ひをばねにきりぎりす　一八六

桐の実【きりのみ】(秋)
桐の実の高きに鳴りて人悼む　一一五
あをぞらに浮く桐の実の古色かな　一一七
草青む【くさあおむ】(春)
草青む人に踏まれぬところより　六八
草雲雀【くさひばり】(秋)
朝の日を音色に変へて草ひばり　一八九
草笛【くさぶえ】(夏)
まつすぐに草笛の息放ちけり　七五
鯨【くじら】(冬)
人恋し鯨のうたを聴きにきて　一二四
葛の花【くずのはな】(秋)
もつれゐる蔓のなかより葛の花　一八
葛湯【くずゆ】(冬)
葛湯練り透きとほりゆくこころかな　九五
競べ馬【くらべうま】(夏)
乗尻の赤の気合や競べ馬　一七九
懸想文売【けそうぶみうり】(新年)
覆面の怪しく懸想文を売る　六三
元どほり結びて仕舞ふ懸想文　一三五
香水【こうすい】(夏)
湯あみして香水の香を脱ぎ捨つる　一一三

氷【こおり】（冬）
抓まれて水を離るる氷かな　一三三
蟋蟀【こおろぎ】（秋）
傷つきしちひさきこころつづれさせ　九〇
丸めたる反故の墨の香ちちろ鳴く　一九九
五月【ごがつ】（夏）
竹林を抜けて嵯峨野の風五月　一八〇
去年【こぞ】（新年）
分かれ道いくつもありて去年今年　五九
木下闇【このしたやみ】（夏）
木下闇風美しく通りけり　七七
木の葉【このは】（冬）
木の葉散ることば失ひゆく人よ　五一
木の実【このみ】（秋）
舗装路に木の実ひとつの落し物　九〇
思はざる回り癖あり木の実独楽　九一
木の芽【このめ】（春）
芽吹山明るき雨の降りゐたり　二七
幹叩き目覚め促す芽吹山　一三八
死者になき未来しづかに木々芽ぐむ　二〇三
木の芽時【このめどき】（春）
木の芽風ものを書きたる肩ほぐし　六七
木の芽風また頬杖をついてゐて　一七三
小判草【こばんそう】（夏）
風に鳴る紙の軽さの小判草　七六

さ行

囀【さえずり】（春）
囀や寸胴鍋に湯の滾り　三〇
山住みの姿を見せず囀れり　六九
吾に向く囀ひとつとてあらず　一四三
桜【さくら】（春）
ひかり得て力満ちゆく朝ざくら　六九
石畳桜畳となりにけり　一〇五
人の世のかなしみを吸ひ老桜　二〇四
桜蘂降る【さくらしべふる】（春）
降りしきる桜蘂もう誰も見ず　七三
桜蘂降る実にならぬものの数　一七九
栄螺【さざえ】（春）
角を持つ栄螺荒海育ちとや　一四六
山茶花【さざんか】（冬）
月光や白さざんくわのこぼれ継ぎ　五二
寒し【さむし】（冬）
空寒し地球の影に月が入り　一三四

爽か【さわやか】（秋）
爽やかや木立すつくと幹並べ　二七
残花【ざんか】（春）
登りゆく下千本の残花見て　一六八
残菊【ざんぎく】（秋）
香の失せぬまま残菊となりゐたり　一九一
山椒魚【さんしょううお】（夏）
はんざきや山中暦日なきごとく　一一
山椒魚ことば忘れてしまひしか　三九
鹿【しか】（秋）
旺盛な鹿の食欲松ぼくり　四二
帰らむとすれば尾をひく鹿の声　四三
消えてなほ耳に残れる鹿の声　九一
子規忌【しきき】（秋）
光芒の失せゆく夕日子規忌なり　一五九
時雨【しぐれ】（冬）
ほの紅き白猫の耳小夜しぐれ　二一
旧字体交じれる文や片時雨　九三
日のさして後ろ姿の夕時雨　九五
夕しぐれ古傷疼きだしにけり　一六三
小夜しぐれ天ぷら花と咲かせ継ぎ　一九二
滴り【したたり】（夏）
ゴンドラの空中散歩山滴る　一〇
七五三【しちごさん】（冬）
参道を歩きとほして七五三　一九一
清水【しみず】（夏）
しろがねの鈴振るごとく山清水　一四九
霜【しも】（冬）
レントゲンに写る病巣霜の花　一九二
石鹸玉【しゃぼんだま】（春）
しゃぼん玉弾けて大気濡らしけり　一四三
しゃぼん玉浮かぬこころを吹き尽くす　二〇三
淑気【しゅくき】（新年）
腰低く道譲り合ふ淑気かな　七
数珠玉【じゅずだま】（秋）
てまひまをかけ数珠玉の首飾り　一八七
春愁【しゅんしゅう】（春）
春愁や写真のなかのひと昔　一〇五
春愁やまなぶた閉ぢて日の紅き　二〇二
春潮【しゅんちょう】（春）
繋留の舟軋ませて春の潮　一四六
障子【しょうじ】（冬）
照り翳り激しきひと日障子うち　九二

羽音せり雪見障子を上げたれば　一三三

小満【しょうまん】（夏）

小満や卵ふるふるオムライス　一〇八

初夏【しょか】（夏）

はつなつや白花多き修験山　一〇七

白南風【しろはえ】（夏）

白南風や鍵盤を指走り出し　八〇

新樹【しんじゅ】（夏）

街灯や人間くさき夜の新樹　九

新米【しんまい】（秋）

新米を躍らせてゐる強火かな　四六

新涼【しんりょう】（秋）

川に沿ふ風のかろやか涼新た　四〇

新緑【しんりょく】（夏）

みどりの夜しきりに外へ誘ふ猫　三

新緑や黒衣集ひて忌を修す　七三

水中花【すいちゅうか】（夏）

現し世と隔絶されて水中花　七八

酸葉【すいば】（春）

すかんぽを折るや空気の抜くる音　二八

薄【すすき】（秋）

銀狼の走るごとくに芒原　四

涼し【すずし】（夏）

木曽川の大岩を縫ふ水涼し　三四

納涼【すずみ】（夏）

川音にいざなはれ来て橋涼み　三八

巣立鳥【すだちどり】（春）

賑やかな夕べとなりぬ巣立鳥　一四七

雪渓【せっけい】（夏）

雪渓の上せめぎあふ日と雲と　三五

触れ来しはどの雪渓か尾根仰ぐ　三五

蟬【せみ】（夏）

とめどなく地中へ吸はれ蟬しぐれ　一一三

翌くる日も蟬の骸のそのままに　一五二

まだ遠き声なる杜の蟬しぐれ　一八三

仙蓼【せんりょう】（冬）

千両の実をやろ鳥にくれてやろ　六二

爽籟【そうらい】（秋）

爽籟に混じる鳥声水の声　八二

卒業【そつぎょう】（春）

社会への切符手に手に卒業す　一〇三

蕎麦の花【そばのはな】（秋）

しづけさが育ててゐたる蕎麦の花　一六

山上に雲地上には蕎麦の花　四五

た行

颱風【たいふう】（秋）
すこやかに戻る太陽台風過　一一九
鳥ならぬものの空飛ぶ台風圏　一五七
台風過おほきな男児誕生す　一五八
高きに登る【たかきにのぼる】（秋）
登高や川はひかりを溢れしめ　八六
登高や盆地のなかの陰と陽　一五六
滝【たき】（夏）
葉隠れの音を楽しみ作り滝　七九
滝壺をくぐり再編成の水　一五五
七夕【たなばた】（秋）
七夕や磨れば一体墨すずり　一三
端午【たんご】（夏）
戦なき未来なれかし初端午　一八〇
蒲公英【たんぽぽ】（春）
風を待つ絮のかがやきたんぽぽ野　九
暖炉【だんろ】（冬）
火照りたる顔を向け合ふ暖炉かな　一二三
チューリップ【ちゅーりっぷ】（春）
チューリップひとり整列外るる子　一四一
蝶【ちょう】（春）
赤ん坊の睫毛の育つ蝶の昼　七一
紋白蝶まばたくやうに飛び交はし　一四一
追儺【ついな】（冬）
篝火の激しく爆ぜて鬼やらひ　六四
鬼やらひ風に揺らめく星あまた　一〇一
月【つき】（秋）
月明に浄められゐる余命かな　四七
月明や地に蹲る神の鶏　八三
筒鳥【つつどり】（夏）
筒鳥や年輪増やす山の木々　一一
燕【つばめ】（春）
つばくらや子は新しき鍵を持ち　一〇三
曲がり角多き街並つばくらめ　一四〇
燕帰る【つばめかえる】（秋）
秋燕の集合場所にかしましく　一七
燕の子【つばめのこ】（夏）
燕の子見上ぐる人に目もくれず　一八一
燕の巣【つばめのす】（春）
巣燕や門前町のうらさぶれ　三一
摘草【つみくさ】（春）
摘草の香のつきまとふ指かな　一三七

露【つゆ】（秋）
川に沿ひ細りゆく道露しぐれ　五〇
芋の葉の無聊や露の玉失せて　八四
露けしや極楽橋は名のみにて　一八八

梅雨茸【つゆだけ】（夏）
雨筋の白く見えゐて梅雨茸　一八一

梅雨の月【つゆのつき】（夏）
梅雨の月まみゆることの少なくて　一四八

踏青【とうせい】（春）
青き踏む大地揺るがぬこと願ひ　二九

年玉【としだま】（新年）
子の手より大きな袋お年玉　一三九

年の市【としのいち】（冬）
花選ぶ手の重なりて年の市　五四

年の暮【としのくれ】（冬）
歳晩や星の下なる呱々の声　五五
年の瀬や足跡ひとつなき渚　一三五

年忘【としわすれ】（冬）
店頭に鰭多々干され年忘　三

鳥雲に入る【とりくもにいる】（春）
歳月をさらひゆくごと鳥雲に　一四二

鳥曇【とりぐもり】（春）
鳥ぐもり葉擦れのなかの鳳凰堂　一七四

な行

夏越【なごし】（夏）
形代をふつと翳らせゆきしもの　一一〇

夏の山【なつのやま】（夏）
午後よりは雲湧きやすし遠青嶺　三四

夏帽子【なつぼうし】（夏）
よそゆきの顔すれちがふ夏帽子　一二

涅槃会【ねはんえ】（春）
涅槃寺外はひかりに満ちあふれ　八
もう泣かずしづかに涅槃させ給へ　六六

涅槃西風【ねはんにし】（春）
みづうみに波立ちごころ涅槃西風　六六

練雲雀【ねりひばり】（夏）
曇りゐて眩しき空や夏雲雀　一一〇

残る鴨【のこるかも】（春）
一対といふはよろしき残る鴨　一七七

後の月【のちのつき】（秋）
忍び寄る湿りありけり十三夜　四八
水のごと闇の深まる十三夜　八九

は行

萩【はぎ】（秋）
散り急ぐ花こまごまと萩の風　四九
薄暑【はくしょ】（夏）
睥睨の鴉高鳴く薄暑かな　一八二
白鳥【はくちょう】（冬）
白鳥来先着組と鳴き交はし　一六五
白鳥の着水個々の距離保ち　一六五
端居【はしい】（夏）
端居せるまはり幼子じつとせず　一五四
蓮見【はすみ】（夏）
蓮見舟舳先を朝日差す方へ　一五〇
蝗蚸【ばった】（秋）
きちきちと此方はたはたと彼方をまた　一一八
麨【はったい】（夏）
縁側のありたる家や麦こがし　七八
初旅【はつたび】（新年）
初旅や車窓しばらく富士が占め　六〇
初蝶【はつちょう】（春）
初蝶の迷ひの道を抜け切れず　二八
卵割る窓を初蝶よぎりけり　一三九
初夢【はつゆめ】（新年）
古城より馬車の出迎へ夢はじめ　七
花【はな】（春）
花あふれ人にふくらむ大阪城　一〇四
花曇【はなぐもり】（春）
息かけてフルート磨く花曇　一七六
花衣【はなごろも】（春）
心地良き帯の締まりや花衣　一四二
花野【はなの】（秋）
傾ける日ざしに靡き大花野　四九
幽明の交錯したる夕花野　八四
花冷【はなびえ】（春）
花冷や桜の皮の皿や筒　七〇
花冷や御苑は警備怠らず　一七六
薔薇の芽【ばらのめ】（春）
ほとばしる真紅のちから薔薇芽吹く　一七三
春落葉【はるおちば】（春）
春落葉掃くほどに樹々若返り　一〇七
春着【はるぎ】（新年）
桐簞笥ぽかぽか鳴らし春着出す　一二九
春北風【はるきた】（春）
あらあらと川を吹き上げ春ならひ　一三七

春寒【はるさむ】（春）
走り根の裂けゐる山路春寒し　八
料峭や飛天のごとき雲吹かれ　六七
春ショール【はるしょーる】（春）
春ショールものを拾ふに膝を折り　二七
音立てず歩み来たれる春ショール　一七四
春暖炉【はるだんろ】（春）
懐かしき火の香薪の香春暖炉　一三六
春の雲【はるのくも】（春）
手繰りよせ紡いでみたき春の雲　六八
太陽をしばし休めて春の雲　一七五
夫逝きて永久に片恋春の雲　二〇四
春の雪【はるのゆき】（春）
刻々と遅延情報春の雪　一〇二
春の夜【はるのよ】（春）
起き出でて文したたむる春夜かな　七〇
春の宵【はるのよい】（春）
春宵や幽明界異にして　二〇〇
春日傘【はるひがさ】（春）
春日傘しづかに開き去りゆきぬ　七二
春めく【はるめく】（春）
孫となる胎児のエコー春動く　一三九
バレンタインの日【ばれんたいんのひ】（春）
白波の寄せ来るバレンタインの日　六五
半夏生草【はんげしょうそう】（夏）
禅寺の片白草のそよぎかな　七九
万緑【ばんりょく】（夏）
万緑のふところ深く遊びけり　七七
日傘【ひがさ】（夏）
哲学の道を逸れゆく白日傘　三三
蜩【ひぐらし】（秋）
かなかなや下山の時の迫りたる　一三
ひぐらしや風に寂びゆく山の家　四一
日向ぼこ【ひなたぼこ】（冬）
日向ぼこ日差し早くも離れゆき　九六
雛祭【ひなまつり】（春）
女雛やや俯きかげん古雛　六五
ゆつくりと仏間に戻す雛の間　一四〇
喪の家の押入れを出ず雛人形　二〇二
火の番【ひのばん】（冬）
寒柝の夜気打ち割つて通りけり　一二六
雲雀【ひばり】（春）
高揚がるひばり落つる野あやまたず　三〇
そのなかに戻らざるもの揚雲雀　三一

吉野山見ゆる高さへ揚雲雀　一四四

風船【ふうせん】（春）
おとうとのごとく風船連れ歩き　一七五

プール【ぷーる】（夏）
プール出て世の重力にしばし耐ふ　八一
プール出づ追ひすがる水振り切つて　一一二

藤【ふじ】（春）
かぐはしき冠得たり藤の下　一〇六

葡萄【ぶどう】（秋）
木洩れ日のまろやかにして葡萄棚　四三

吹雪【ふぶき】（冬）
新幹線吹雪の町を通り過ぎ　六〇

冬【ふゆ】（冬）
冬の旅星うつくしきところまで　一六八

冬暖か【ふゆあたたか】（冬）
産み月の子の胎に触れ冬ぬくし　五三

冬桜【ふゆざくら】（冬）
川風に梢ふるはせ冬桜　六一

冬菫【ふゆすみれ】（冬）
冬すみれ大きな人の屈みたる　一六七

冬の雲【ふゆのくも】（冬）
香煙の溶け込んでゆく冬の雲　一二一

冬の空【ふゆのそら】（冬）
終の息冬青空に吸はれゆき　一九九

冬の星【ふゆのほし】（冬）
凍星のひとつ頭上を動かざる　六一
冬銀河ねむるみどりご菩薩めく　一六九

冬晴【ふゆばれ】（冬）
寒晴やガラスの多きビルの街　一三一

冬帽子【ふゆぼうし】（冬）
頬ずりの子のふはふはの冬帽子　九三

冬芽【ふゆめ】（冬）
あをぞらを信じて芽吹く冬木かな　一九四

冬林檎【ふゆりんご】（冬）
籾の中より探り出す冬林檎　九四

古巣【ふるす】（春）
庭師より全き古巣受け取りぬ　一四四

文化の日【ぶんかのひ】（秋）
墨といふ煤のかたまり文化の日　八九

噴水【ふんすい】（夏）
噴水の水より背骨抜けにけり　三九
突然に止みし噴水みなが見る　一五二

孑孑【ぼうふら】（夏）
山雨来て孑孑の水叩き初む　一一一

蛍籠【ほたるかご】（夏）
闇抱く峡は大きな螢籠　一〇九
蛍狩【ほたるがり】（夏）
螢狩鼓動聞こゆるほどの闇　七五
時鳥【ほととぎす】（夏）
大岩に逆巻く水やほととぎす　七六
ほととぎす正座そろそろしびれきし　一五四
盆【ぼん】（秋）
明らかに世代交代盆の家　一五五

ま行

蛾蠓【まくなぎ】（夏）
まくなぎの一寸先を離れざる　三
松過【まつすぎ】（新年）
松過ぎの七曜走り出しにけり　一九七
松茸【まつたけ】（秋）
松茸に深山の湿りありにけり　一九
松手入【まつていれ】（秋）
神苑の空ひろびろと松手入　一一九
祭【まつり】（夏）
去年とは音色の違ふ祭笛　一五一
豆撒【まめまき】（冬）
豆撒や空より白きもの降り来　一三五
曼珠沙華【まんじゅしゃげ】（秋）
曼珠沙華ますぐといふは折れ易く　四二
蘇る記憶あざやか曼珠沙華　一二〇
群れ咲いて紅の静けき曼珠沙華　一八八
蜜柑の花【みかんのはな】（夏）
夜の香を乱すものなし花蜜柑　一四七
短夜【みじかよ】（夏）
短夜や明らむ空を見て眠り　三七
水澄む【みずすむ】（秋）
鏡には映らぬこころ水澄めり　一六
水鳥【みずとり】（冬）
残照の海にくろぐろ浮寝鳥　一二五
しばらくは羽を忘れて浮寝鳥　一六六
水鳥を浮かべて大河眠らざる　一六七
麦の秋【むぎのあき】（夏）
麦秋や入り日に向かひゆく電車　三二
虫【むし】（秋）
み吉野の闇を呼び込み虫しぐれ　八五
室咲【むろざき】（冬）
熱源のごとき赤さの室の花　一三三

名月【めいげつ】（秋）
月今宵潮の満ち来る勢かな　一八
名月や夜風の運ぶ汽車の音　一八七
木犀【もくせい】（秋）
高校の紺の制服金木犀　四四
鵙の贄【もずのにえ】（秋）
驚きの手足のままに鵙の贄　二〇
餅花【もちばな】（新年）
餅花の下とりどりの髪の過ぐ　一三〇
ものの芽【もののめ】（春）
ものの芽やひとりがたりのおままごと　一三八
籾【もみ】（秋）
籾殻焼く大地に灸を据うるごと　四五
紅葉散る【もみじちる】（冬）
物語紡ぐごとくに散る紅葉　九二
飛火野に散り敷く紅葉鹿の糞　一六〇
守武忌【もりたけき】（秋）
神代より言霊ありて守武忌　四一
俳縁の脈々とあり守武忌　一五六

や行

夕立【ゆうだち】（夏）
夕立の時濃密に過ぎにけり　一一五
深廂すだれのごとき白雨かな　一五三
美しき空取り戻す白雨かな　一八三
雪【ゆき】（冬）
粉雪や子は数式を解きつづけ　六二
しづけさの極みに雪のしづりけり　一〇一
積もらざる雪のやさしく降る日かな　一三一
すでに泥浮いてきてゐる雪化粧　一三四
雪女【ゆきおんな】（冬）
眼の奥に深き闇あり雪女　一六八
夫に息吹きかけてゐる雪女郎　一九八
雪投げ【ゆきなげ】（冬）
雪遊び手の感覚の失せてなほ　一〇〇
雪催い【ゆきもよい】（冬）
雪もよひ大気ぐんぐん重くなり　一三一
湯ざめ【ゆざめ】（冬）
湯ざめして迷子のやうな心地なる　一九三
柚子湯【ゆずゆ】（冬）
柚子風呂の波にゆらゆら右手左手　一六六

湯豆腐【ゆどうふ】（冬）
手足生ゆるか湯豆腐の動き出す　一六三
百合【ゆり】（夏）
剪りとれば吐息を少し百合の花　一八五
葭簀【よしず】（夏）
店番の顔に葭簀の縞模様　一一
夜長【よなが】（秋）
長き夜をつかずはなれず猫のゐて　一三〇

ら行

落花【らっか】（春）
花吹雪突き抜けてくる人力車　一九
さくら散る肩のちからを抜けとこそ　七一
まなぶたを閉ぢても続く飛花落花　七三
やはらかく猫の踏みゆく落花かな　一〇四
時惜しむごとくゆつくり散るさくら　一七七
点描をただ重ねゆく落花かな　一七八
立春【りっしゅん】（春）
立春やおもちや増えたる子供部屋　一三六
流星【りゅうせい】（秋）
空にゐることに疲れて流れ星　一八五
竜の玉【りゅうのたま】（冬）
日溜りを分けて取り出す竜の玉　一二
臘梅【ろうばい】（冬）
蠟梅やこころの澱の抜けてゆき　六三

わ行

若鮎【わかあゆ】（春）
堰の水撥ね散らかして上り鮎　一〇六
若鮎の光散らばる堰の水　一四五
若竹【わかたけ】（夏）
若竹の目指す方向あやまたず　七四
綿虫【わたむし】（冬）
雲すこし摑んできたる雪ばんば　五〇
綿虫やこの世にうかと紛れ込み　一三三
渡り鳥【わたりどり】（秋）
言葉もう届かぬ遠さ鳥渡る　八八

令和俳句叢書

句集　鼓動　こどう

二〇二一年二月一四日第一刷
定価＝本体二八〇〇円＋税
●著者――西宮　舞
●発行者――山岡喜美子
●発行所――ふらんす堂
〒一八二―〇〇〇二東京都調布市仙川町一―一五―三八―二F
TEL　〇三・三三二六・九〇六一　FAX　〇三・三三二六・六九一九
ホームページ　http://furansudo.com/　E-mail　info@furansudo.com
●装幀――和　兎
●印刷――日本ハイコム株式会社
●製本――株式会社松岳社

ISBN978-4-7814-1330-3 C0092　¥2800E